CONTES DE FÉES.

CH. PERRAULT

PAUL COZE 1921.

Librairie DUCROCQ, 55, rue de Seine, Paris

CONTES DES FÉES

ILLUSTRÉS

Le Petit Poucet = Le Chat Botté

Les Souhaits = La Belle au Bois Dormant

Riquet à la Houppe

DESSINS DE PAUL COZE

PARIS
Librairie DUCROCQ, CHULLIAT, Successeur
55, RUE DE SEINE, 55
—
1921

LE PETIT POUCET

Il était une fois un bûcheron et une bûcheronne qui avaient sept garçons. Le dernier était tout petit, et quand il vint au monde, il n'était guère plus grand que le pouce, ce qui fit qu'on l'appela le Petit Poucet.

Il vint une année

où la misère fut si grande que ces pauvres gens se décidèrent à perdre leurs enfants.

Un soir que ces enfants étaient couchés et que le bûcheron était auprès du feu avec sa femme, il lui dit, le cœur serré de douleur :

— Tu vois bien que nous ne pouvons plus nourrir nos enfants ; je ne saurais les voir mourir de faim devant mes yeux, et je suis résolu de les mener perdre demain au bois, ce qui sera bien aisé : car, tandis qu'ils s'amuseront à faire des fagots, nous n'aurons plus qu'à nous enfuir sans qu'ils nous voient.

— Ah ! s'écria la bûcheronne, pourrais-tu bien, toi-même, mener perdre tes enfants ?

Son mari avait beau lui représenter leur grande pauvreté, elle ne pouvait y consentir.

Elle était pauvre, mais elle était mère.

Cependant, ayant considéré quelle douleur elle aurait en les voyant mourir de faim, elle y consentit et alla se coucher en pleurant.

Le Petit Poucet, ayant entendu ce qu'avaient dit ses parents pendant la nuit, se leva de bon matin et alla emplir ses poches de petits cailloux blancs.

Il revint ensuite à la maison.

On partit et le Petit Poucet ne découvrit rien de tout ce qu'il savait à ses frères.

Ils allèrent dans une forêt fort épaisse, où, à dix pas de distance, on ne se voyait pas l'un l'autre.

Le bûcheron se mit à couper du bois, et ses enfants à ramasser des branches mortes pour faire des fagots.

Le père et la mère, les voyant occupés à travailler, s'éloignèrent d'eux insensiblement, et puis s'enfuirent tout à coup par un petit sentier détourné.

Quand les enfants se virent seuls, ils se mirent à pleurer.

— Ne craignez rien, mes frères, dit Poucet, je vous ramènerai bien au logis : suivez-moi.

Comme en marchant il avait laissé tomber les petits cailloux blancs qu'il avait dans ses poches, il lui fut facile de retrouver son chemin.

En arrivant devant la maison, ils n'osèrent d'abord pas y entrer, mais ils se mirent tous contre la porte pour écouter ce que disaient leur père et leur mère.

Au moment où le bûcheron et la bûcheronne étaient revenus chez eux, ils avaient reçu une somme d'argent qu'on leur devait depuis longtemps et sur laquelle ils ne comptaient plus.

Cela leur redonna envie de vivre, car les pauvres gens mouraient de faim.

Le bûcheron envoya sa femme aux provisions, et comme il y avait longtemps qu'ils n'avaient pas mangé, elle acheta trois fois plus de viande et de pain qu'il n'en fallait.

Lorsqu'ils furent rassasiés, la bûcheronne dit à son mari :

— Hélas ! où sont maintenant nos pauvres enfants ? Ils mangeraient ce qui nous reste là, mais aussi c'est toi qui as voulu les perdre ; j'avais bien dit que nous nous en repentirions. Que font-ils cette nuit dans la forêt ? Hélas ! mon Dieu ! les loups les ont peut-être mangés !

Le mari s'impatienta à la fin, car elle redit plus de vingt fois qu'il s'en repentirait et qu'elle l'avait bien dit.

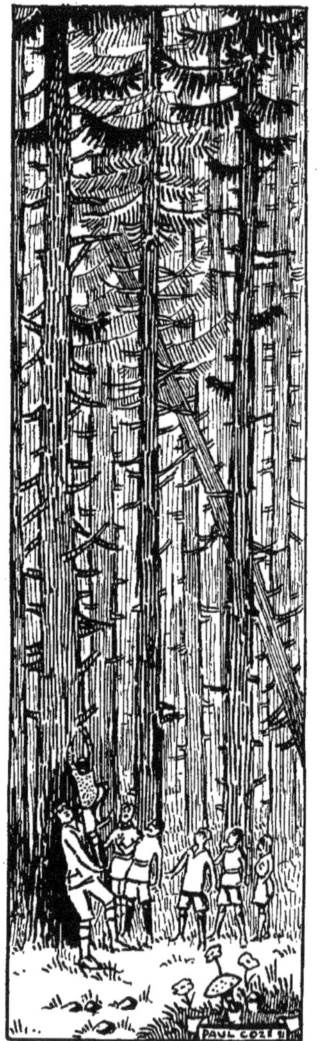

Il la menaça de la battre si elle ne se taisait.

La bûcheronne était tout en pleurs :

— Hélas ! où sont maintenant nos enfants, nos pauvres enfants ?

Elle le dit une fois si haut que les enfants qui étaient à la porte, l'ayant entendue, se mirent tous ensemble à crier :

— Nous voilà ! nous voilà !

Le bûcheron et la bûcheronne furent heureux de revoir leurs enfants, et cette joie dura tant qu'ils eurent de l'argent. Mais la misère revint plus dure que la première fois. Ils résolurent de les perdre encore en les menant bien loin, bien loin.

Le Petit Poucet, qui soupçonnait encore les projets de ses parents, se laissa emmener avec ses frères. Seulement, le long du chemin, il jeta par miettes le dernier morceau de pain qu'on lui avait donné.

Malheureusement il ne put pas retrouver sa route, car les oiseaux étaient venus qui avaient mangé toutes les miettes de pain.

La nuit étant tombée, le Petit Poucet grimpa sur une branche élevée pour voir s'il ne découvrirait rien. Il aperçut une petite lumière vers laquelle la troupe se dirigea.

Ils arrivèrent enfin à la maison où était cette lumière, non sans bien des frayeurs, car souvent ils la perdaient de vue, ce qui leur arrivait chaque fois qu'ils descendaient dans quelque vallée.

Ils frappèrent à la porte et une femme vint leur ouvrir.

Elle leur demanda ce qu'ils voulaient.

Le Petit Poucet lui dit qu'ils étaient de pauvres enfants qui s'étaient perdus dans la forêt et qui demandaient à coucher par charité.

La femme, les voyant tous si jolis, se mit à pleurer et leur dit :

— Où êtes-vous venus, mes pauvres petits ? Savez-vous bien que c'est ici la maison d'un ogre qui mange les petits enfants ?

— Hélas ! madame, lui répondit le Petit Poucet, qui tremblait de toute sa force aussi bien que ses frères, que ferons-nous ? Il est bien sûr que les loups de la forêt ne manqueront pas de nous manger cette nuit, si vous ne voulez pas nous recevoir. Alors, nous aimons mieux que ce soit Monsieur l'Ogre qui nous mange. Peut-être aussi qu'il aura pitié de nous !

La femme de l'Ogre, qui crut qu'elle pourrait les cacher à son mari jusqu'au lendemain matin, les laissa entrer et les mena se chauffer auprès d'un bon feu, car il y avait un mouton tout entier à la broche pour le souper de l'Ogre.

Mais tout à coup, on entendit heurter brusquement à la porte.

Elle n'eut que le temps de les faire glisser sous le lit, car c'était l'Ogre qui revenait à ce moment-là.

Il se mit à souper, mais tout à coup il s'arrêta en disant :

— Je sens la chair fraîche !

Il alla en flairant vers le lit et retira du dessous les enfants l'un après l'autre, en murmurant ces mots :

— Je les mangerai tous demain matin.

L'Ogre avait sept filles. Elles étaient toutes couchées dans un grand lit, ayant chacune une couronne d'or sur la tête.

Il y avait, dans la même chambre, un autre lit de même

grandeur : ce fut dans ce lit que la femme de l'Ogre mit coucher les sept petits garçons.

Le Petit Poucet, qui avait remarqué que les filles de l'ogre avaient des couronnes d'or et qui craignait que l'ogre ne vînt l'égorger ainsi que ses frères, sans attendre au lendemain, se leva au milieu de la nuit et changea tout doucement les bonnets de ses frères et le sien contre les couronnes des filles.

La chose réussit comme il l'avait pensé, car l'Ogre, s'étant réveillé, prit son grand couteau et monta à tâtons jusqu'à la chambre.

Il approcha du lit des petits garçons et il allait leur couper la tête quand il sentit les couronnes d'or.

Alors il alla vers le lit des filles, et sentant les bonnets des petits garçons, il crut ne pas se tromper et, d'un seul coup, il coupa la gorge à ses sept filles. Puis, il retourna se coucher.

Aussitôt le Petit Poucet réveilla ses frères, et ils s'enfuirent tous par la fenêtre.

Quand l'Ogre s'aperçut le matin de la besogne qu'il avait faite, il jura de rattraper les fugitifs et de leur faire payer cruellement son erreur.

Il chaussa ses bottes de sept lieues (c'étaient des bottes avec lesquelles on pouvait faire sept lieues d'une seule enjambée), et il se mit en campagne.

Ne retrouvant pas les fugitifs et se sentant fatigué, il vint s'endormir sur un rocher sous lequel les petits garçons s'étaient cachés.

Le Petit Poucet dit à ses frères de s'enfuir au plus vite à la maison. Pour lui, il s'approcha de l'Ogre, et lui retira doucement ses bottes qu'il mit à ses pieds Comme ces bottes étaient fées, elles s'ajustèrent tout de suite aux jambes du Petit Poucet.

Alors, il retourna chez la femme de l'Ogre. Il lui dit qu'il venait de la part de son mari, et qu'il fallait qu'elle lui remît tout l'argent de la maison afin de racheter l'Ogre à des voleurs qui l'avaient fait prisonnier.

La femme, fort effrayée, lui donna aussitôt tout ce qu'elle avait.

Le Petit Poucet, étant chargé de toutes les richesses de l'Ogre, s'en revint au logis paternel où il fut reçu avec une grande joie.

Puis, toujours chaussé des bottes de l'Ogre, il alla à la cour, où il savait qu'on était fort en peine d'une armée qui était à deux cents lieues de là, et du succès d'une bataille qu'elle avait livrée.

Il dit au roi qu'il se chargeait de rapporter des nouvelles de l'armée avant la fin du jour.

Le roi lui promit une grosse somme d'argent s'il en venait à bout.

Le Petit Poucet rapporta une réponse dès le soir même, et cette course merveilleuse l'ayant fait connaître, il gagna ensuite tout ce qu'il voulut.

Il enrichit ses frères ainsi que son père et sa mère qui, comme on le pense bien, ne s'avisèrent plus d'essayer de perdre leurs enfants.

Un meunier ne laissa pour héritage à ses trois enfants qu'un moulin, un âne et un chat. L'aîné eut le moulin, le cadet eut l'âne, et le plus jeune n'eut que le chat.

Ce dernier était désolé : « Quand j'au-

rai mangé mon chat, il faudra donc que je meure de faim ! » disait-il.

Le Chat l'entendit : « J'espère bien ne pas être mangé, s'écria-t-il, donnez-moi seulement un sac et des bottes, et vous verrez ! »

Le maître, qui savait combien son chat était plein d'esprit, lui donna ce qu'il demandait.

Alors le Chat ayant mis ses bottes alla dans le bois et, se servant de son sac comme d'un piège, il attrapa des lapins qu'il porta à sa majesté le roi en lui disant qu'ils lui étaient offerts par son maître, le marquis de Carabas (c'est le nom qu'il avait jugé utile de donner au pauvre fils du meunier).

Pendant deux ou trois mois, le Chat Botté continua à porter du gibier au roi de la part de son maître. Un jour il sut que le roi devait aller à la promenade, sur les bords de la rivière, en compagnie de la princesse, sa fille.

Il dit à son maître :

— Si vous voulez suivre mon conseil, votre fortune est faite. Baignez-vous dans la rivière et laissez-moi faire.

Le maître fit ce que le Chat lui conseillait.

Quand le

roi passa près de la rivière, le Chat Botté se mit à crier de toutes ses forces :

— Au secours! au secours! Voilà M. le marquis de Carabas qui se noie!

Le roi, reconnaissant le Chat qui lui apportait du gibier, ordonna à ses gardes de retirer de l'eau le pauvre marquis, et d'aller chercher un des plus beaux habits de la garde-robe royale pour l'en revêtir.

Puis il voulut que le marquis de Carabas montât dans son carrosse et fût de la promenade.

Le Chat Botté se dépêcha de courir en avant et de dire à des paysans qui fauchaient un pré :

— Braves gens qui fauchez, si vous ne dites pas au roi que le pré que vous fauchez appartient au marquis de Carabas, vous serez tous hachés menu comme chair à pâté!

Le roi ne manqua pas de demander aux faucheurs à qui était le pré qu'ils fauchaient.

— C'est au marquis de Carabas! répondirent-ils tous ensemble, car la menace du Chat leur avait fait peur.

Le Chat, qui allait toujours devant, rencontra des moissonneurs, et il leur dit :

— Bonnes gens qui moissonnez, si vous ne dites pas que ces blés appartiennent au marquis de Carabas, vous serez tous hachés menu comme chair à pâté!

Les moissonneurs eurent aussi peur que les faucheurs. Aussi, quand le roi leur demanda à qui appartenaient les blés qu'ils fauchaient, ils s'empressèrent de répondre :

— C'est au marquis de Carabas!

Le Chat arriva enfin devant le château d'un ogre, qui était extrêmement riche.

L'Ogre ayant donné audience au Chat Botté, celui-ci lui dit :

— On m'a assuré que vous aviez le don de vous transformer en toutes sortes d'animaux. Est-ce que cela est vrai ?

— Tu vas le voir, répondit l'Ogre qui se changea aussitôt en lion.

Le pauvre chat fut si effrayé qu'il gagna aussitôt les gouttières, mais quand l'Ogre eut repris sa première forme, il redescendit, et prenant la parole :

— On m'a assuré encore, dit-il, que vous aviez le pouvoir de prendre l'aspect des plus petits animaux, par exemple de vous changer en rat ou en souris. Mais je vous avoue que je ne saurais le croire.

— Comment! tu doutes de mon pouvoir, insolent personnage! répondit l'Ogre très vexé.

Et, pour convaincre le Chat, il se transforma en souris.

C'est ce que le malin Chat Botté attendait, car il sauta aussitôt sur la souris et la mangea.

Quand le roi passa devant le château de l'Ogre, il allait demander quel en était le propriétaire.

Mais le Chat, qui avait fait ouvrir les portes et se tenait sur le pont-levis, s'empressa de répondre :

— C'est au marquis de Carabas, qui sera très honoré de recevoir Sa Majesté.

Alors le roi fit tous ses compliments au marquis, et descendit de carrosse avec la princesse pour visiter le château.

Ils entrèrent dans une grande salle à manger où l'Ogre, que le Chat venait d'avaler, avait fait préparer un magnifique dîner.

Le roi, charmé des attentions du marquis de Carabas, et voyant les grands biens qu'il possédait, lui dit au dessert :

— Il ne tiendra qu'à vous, mon cher marquis, que vous ne soyez mon gendre.

Le marquis de Carabas fit de grandes révérences et de grands remerciements, en se félicitant tout bas d'avoir hérité, en place du moulin de son père, d'un chat si intelligent.

Il accepta l'honneur que lui faisait le roi et il épousa la jeune princesse.

Le Chat Botté devint un grand seigneur, et ne courut plus après les souris que pour se divertir.

Les Souhaits

Il y avait une fois un brave homme et une brave femme qui n'étaient pas riches.

— Ah! si l'on pouvait avoir ce qu'on souhaite! s'écria la femme assise un soir devant le feu.

— Hélas! c'est impossible! répondit le mari.

A ce moment une fée leur apparut, qui leur promit d'exaucer les trois premiers souhaits qu'ils feraient.

La femme demanda aussitôt une aune de boudin.

Le boudin vint tomber aux pieds de la femme.

Le mari se mit en colère :

— Quel souhait inutile! Pour t'en punir, je voudrais que tu eusses ce boudin au bout du nez!

Ce souhait s'accomplit immédiatement.

Et voilà aussitôt la pauvre femme avec une aune de boudin collée au bout du nez.

On pense combien ce boudin attaché là d'une façon aussi originale qu'imprévue déformait le visage de la brave femme.

Elle fut tellement saisie d'étonnement qu'elle ne dit mot.

Mais elle porta les mains à son nez et voulut en arracher le boudin.

Elle ne put y parvenir, tant le boudin s'était solidement collé

Alors elle se mit à verser des larmes de désespoir.

Son mari avait d'abord été si effrayé que ses cheveux s'en étaient dressés sur sa tête et avaient ainsi soulevé son chapeau.

Quand il fut revenu à lui, il essaya de porter secours à sa femme et se suspendit au boudin pour le faire tomber.

Ses efforts, joints à ceux que faisait la malheureuse, restèrent inutiles.

Alors il entra dans une violente colère pendant que l'imprudente continuait à se lamenter.

Enfin le courroux du mari s'évanouit devant le chagrin de la femme.

— Il ne nous reste plus qu'un souhait à faire, dit-il, je vais demander la richesse, et je te ferai faire un étui d'or pour enfermer ton boudin.

— A quoi me servira-t-il d'être riche, répondit la femme en pleurant. Que deviendrai-je avec un tel appendice à la figure? Tu n'as qu'une chose à demander, c'est que ce vilain boudin se détache de mon nez.

Le mari se laissa attendrir.

Il fit ce que désirait sa femme, et le boudin tomba à terre.

Depuis cette aventure, ils vécurent tranquillement, et ne firent jamais plus d'autres souhaits.

La Belle au Bois Dormant

Il y avait une fois un roi et une reine qui invitèrent au baptême de la princesse leur fille toutes les fées du pays, afin que chacune d'elles lui fît un don, comme c'était la coutume des fées en ce temps-là.

Après les cérémonies du baptême, toute la compagnie revint au palais du roi où il y avait un grand festin pour les fées.

On mit devant chacune d'elles un couvert magnifique avec un étui d'or massif où il y avait une cuillère, une fourchette et un couteau d'or fin, garnis de diamants et de rubis.

Comme chacun prenait sa place à table, on vit entrer une vieille fée qu'on n'avait point invitée parce qu'il y avait plus de cinquante ans qu'on ne l'avait vue.

Le roi lui fit donner un couvert, mais il n'y eut pas moyen de lui donner un étui d'or massif comme aux autres, parce qu'on n'en avait fait fabriquer que sept pour les sept fées.

La vieille crut qu'on la méprisait et grommela quelques menaces entre ses dents. Une des jeunes fées, qui se trouvait auprès d'elle, l'entendit et, jugeant qu'elle pourrait donner quelque fâcheux don à la petite princesse, alla se cacher derrière la tapisserie afin de parler la dernière et de pouvoir réparer, autant qu'il lui serait possible, le mal que la vieille aurait fait.

Les fées commencèrent à faire leur don à la princesse. Elles lui donnèrent l'esprit, la beauté, la grâce, le charme, le savoir.

Le tour de la vieille fée étant venu, elle dit méchamment que la princesse se percerait la main avec un fuseau et qu'elle en mourrait.

Toute la compagnie se mit à frémir. La jeune fée prit la parole :

— Rassurez-vous, roi et reine, dit-elle, la princesse se percera la main d'un fuseau, mais au lieu d'en mourir, elle tombera seulement dans un profond sommeil qui durera cent ans.

Le roi, pour tâcher d'éviter un pareil malheur, fit annoncer dans tous ses États qu'il défendait de filer au fuseau.

La princesse avait atteint sans accident sa seizième année quand, un jour, montant dans le donjon du château, elle trouva une bonne vieille en train de filer sa quenouille.

Cette bonne femme n'avait jamais entendu parler des défenses du roi.

— Que faites-vous là, ma bonne femme? dit la princesse.

— Je file, ma belle enfant, lui répondit la vieille qui ne la connaissait pas.

— Ah! que cela est joli! reprit la princesse. Comment faites-vous? Donnez-moi, que je voie si j'en ferais autant.

Elle n'eut pas plutôt pris le fuseau que, comme elle était fort vive et un peu étourdie, et que d'ailleurs l'arrêt des fées l'ordonnait ainsi, elle s'en perça la main et tomba évanouie.

La bonne vieille, bien embarrassée, crie au secours.

On vient de tous côtés. On jette de l'eau au visage de la princesse; on lui frappe dans les mains; on lui frotte les tempes avec du vinaigre, mais rien ne la faisait revenir à elle

Alors le roi, qui était monté au bruit, se souvint de la prédiction des fées, et jugeant bien qu'il fallait que cela arrivât puisque les fées l'avaient dit, il fit mettre la princesse dans le plus bel appartement du palais, sur un lit en broderie d'or et d'argent.

On eût dit un ange, tant elle était belle, car son évanouissement n'avait point ôté les couleurs vives de son teint.

Ses joues étaient roses et ses lèvres gardaient la couleur du corail.

Elle avait seulement les yeux fermés, mais on l'entendait respirer tout doucement, ce qui faisait voir qu'elle n'était pas morte.

Le roi ordonna qu'on la laissât dormir en repos jusqu'à ce que son heure de se réveiller fût venue.

La bonne fée, qui lui avait sauvé la vie en la condamnant à dormir cent ans, était à douze mille lieues de là, lorsque l'accident arriva à la princesse, mais elle en fut avertie en un instant par un enchanteur qu'elle avait à ses ordres.

Elle partit aussitôt et on la vit, au bout d'une heure, arriver dans un char tout de feu, traîné par des dragons.

Le roi alla lui présenter la main pour l'aider à descendre.

Elle approuva tout ce qu'il avait fait, mais comme elle était grandement prévoyante, elle pensa que, quand la princesse viendrait à se réveiller, elle serait bien embarrassée toute seule dans ce grand château.

Et voici ce qu'elle fit :

Elle toucha de sa baguette tout ce qui était dans le château (hors le roi et la reine), c'est-à-dire les gouvernantes, demoiselles d'honneur, femmes de chambre, gentilshommes, officiers, maîtres d'hôtel, cuisiniers, marmitons, gardes, suisses, pages, valets de pied.

Elle toucha aussi tous les chevaux qui étaient dans les écuries, avec les palefreniers, les gros chiens de la basse-cour et la petite chienne de la princesse.

Dès qu'elle les eut touchés, ils s'endormirent tous pour ne se réveiller qu'en même temps que leur maîtresse, afin d'être tout prêts à la servir quand elle en aurait besoin.

Les broches mêmes, qui étaient au feu toutes pleines de perdrix et de faisans, s'endormirent et le feu aussi.

Tout cela se fit en un moment.

Alors le roi et la reine, après avoir embrassé leur chère enfant sans qu'elle s'éveillât, sortirent du château et firent afficher dans toutes les rues des avis qui faisaient défense à qui que ce fût d'approcher de cette demeure.

Ces défenses n'étaient pas nécessaires, car il poussa, dans l'espace d'un quart d'heure, tout autour du château, une si grande quantité d'arbres grands et petits, de ronces et d'épines entrelacées les unes dans les autres, que bêtes ni hommes n'y auraient pu passer ; en sorte qu'on ne voyait plus que le haut des tours, encore n'était-ce que de bien loin.

On ne doute point que la fée n'eût encore fait là un tour de son métier, afin que la princesse, pendant qu'elle dormirait, n'eût rien à craindre des curieux.

Au bout de cent ans, le fils du roi qui régnait alors et qui était d'une autre famille que la princesse endormie, étant allé à la chasse de ce côté-là, demanda ce que c'était que ces tours qu'il voyait au-dessus d'un grand bois fort épais.

Chacun lui répondit selon qu'il en avait entendu parler : les uns disaient que c'était un vieux château où il revenait des esprits ; les autres que tous les sorciers de la contrée y faisaient leur sabbat.

La plus commune opinion était qu'un ogre y demeurait et que là il emportait tous les enfants qu'il pouvait attraper pour les manger à son aise et sans qu'on pût le suivre, ayant seul le pouvoir de se faire un passage au travers du bois.

Le prince ne savait qu'en croire, lorsqu'un vieux paysan prit la parole et lui dit :

— Mon prince, il y a plus de cinquante ans que j'ai entendu dire à mon père qu'il y avait dans ce château une princesse, la plus belle qu'on eût jamais vue; qu'elle y devait dormir cent ans, et qu'elle serait réveillée par le fils d'un roi à qui elle était réservée en mariage.

A ce discours, le jeune prince crut, sans hésiter, qu'il mettrait fin à une si belle aventure, et résolut de voir sur-le-champ ce qui en était.

A peine s'avança-t-il vers le bois, que tous ces grands arbres, ces ronces et ces épines s'écartèrent d'eux-mêmes pour le laisser passer.

Il marcha vers le château, qu'il voyait au bout d'une grande avenue où il entra, et ce qui le surprit un peu, c'est de voir qu'aucun de ses gens n'avait pu le suivre parce que les arbres s'étaient rapprochés dès qu'il avait été passé.

Il ne laissa pas de continuer son chemin.

Il entra dans une première cour où tout ce qu'il vit d'abord était capable de le glacer de crainte. C'était un silence affreux. Ce n'étaient que des corps d'hommes et d'animaux étendus à terre. Il reconnut pourtant bien aux nez bourgeonnés et à la face vermeille des laquais qu'ils n'étaient

qu'endormis, et leurs verres, où il y avait encore quelques gouttes de vin, montraient assez qu'ils s'étaient endormis en buvant.

Il passa dans une seconde cour, puis dans des salons où des gardes, des valets, des gentilshommes et des dames étaient endormis.

Enfin il arriva dans une chambre

toute dorée où il vit sur un lit la jeune princesse vêtue d'habits superbes, dont la mode remontait au siècle dernier.

Il se mit à genoux devant elle.

Comme la fin de l'enchantement était venue, la princesse s'éveilla :

— Ah ! prince, lui dit-elle en le regardant, vous vous êtes fait bien attendre !

Le prince, charmé de ces paroles et plus encore de la manière dont elles étaient dites, ne savait comment témoigner sa joie et sa reconnaissance.

La princesse parla beaucoup, car elle avait eu le temps de songer à ce qu'elle aurait à dire à son réveil, et il y a apparence que la bonne fée, pendant un si long sommeil, lui avait procuré le plaisir des songes agréables.

Cependant tout le palais s'était réveillé avec la princesse, et comme il y avait longtemps que ses habitants n'avaient pas mangé, ils mouraient tous de faim.

La dame d'honneur de la princesse vint annoncer que le repas était servi.

En effet, tout s'était réveillé en même temps que la princesse. Les broches s'étaient remises à tourner, le feu à brûler, les perdrix et les faisans à rôtir, les cuisiniers à faire la cuisine, les marmitons à bavarder et les maîtres d'hôtel à servir.

Les gentilshommes, les officiers, les gouvernantes, les femmes de chambre, les gardes, les suisses et les pages mangeaient déjà quand le prince et la princesse passèrent dans la salle à manger.

Ils soupèrent magnifiquement et joyeusement. Les violons vinrent leur jouer, pendant le repas, de vieilles mélodies qui étaient excellentes quoiqu'il y eût près de cent ans qu'on ne les jouât plus.

Le prince demanda à la princesse de lui accorder sa main.

La princesse lui répondit qu'elle ne pouvait la lui refuser, car les fées avaient également prédit qu'elle serait réveillée par le fils d'un roi qu'elle épouserait, et le grand aumônier les maria dans la chapelle du château.

Riquet à la Houppe

Il était une fois un prince si laid qu'on ne savait s'il avait forme humaine. Il était venu au monde avec une petite houppe de cheveux roux sur la tête, ce qui fit qu'on le nomma Riquet à la Houppe, car Riquet était le nom de sa famille.

Une fée, qui se trouvait à sa naissance, assura à la mère de Riquet à la Houppe qu'en dédommagement de sa laideur, il aurait tant d'esprit qu'il pourrait en donner à la personne qu'il aimerait le plus au monde.

Dans un royaume voisin il y avait deux princesses. L'une était laide, mais studieuse et intelligente. L'autre était belle, mais aussi stupide que maladroite. Si elle parlait, c'était pour dire une sottise. Elle ne pouvait ranger quatre porcelaines sur un meuble sans en casser une.

Un jour qu'elle se promenait dans le bois, elle vit venir à elle un petit homme fort laid, mais vêtu magnifiquement.

C'était le jeune prince Riquet à la Houppe. Il fit à la princesse des compliments sur sa beauté.

— J'aimerais mieux, répondit celle-ci, être aussi laide que vous et avoir de l'esprit.

— Apprenez donc, mademoiselle, dit Riquet à la Houppe, que j'ai le pouvoir de donner de l'esprit à la personne que j'aimerai le mieux, et, comme vous êtes justement cette personne, il ne tiendra qu'à vous que vous ayez de l'esprit, pourvu que vous vouliez m'épouser. Je vous donne un an pour vous y décider.

La princesse, sans se rendre compte de ce qu'elle faisait, accepta la proposition de Riquet à la Houppe, et devint aussitôt la princesse la plus spirituelle du monde.

Cependant elle avait oublié la promesse qu'elle avait faite, et l'année était à la veille de se terminer.

Elle alla, par hasard, se promener dans le même bois où elle avait rencontré le prince Riquet. Elle y entendit un grand bruit et vit sous ses pieds une grande cuisine pleine de marmitons et de cuisiniers.

Elle demanda pour qui on préparait un tel festin. On lui dit que c'était

pour le prince Riquet à la Houppe qui allait se marier le lendemain.

Alors elle se souvint tout à coup qu'il y avait un an qu'à pareil jour elle avait promis d'épouser le prince Riquet à la Houppe, et pensa tomber de son haut.

Ce qui faisait qu'elle ne se le rappelait pas, c'est qu'au moment où elle fit cette promesse elle était une bête, et qu'en recevant l'esprit que le prince lui avait donné, elle avait oublié toutes ses sottises.

Bientôt elle rencontra Riquet à la Houppe, et elle lui avoua qu'elle ne voulait plus l'épouser.

— Je vous avouerai franchement, dit-elle, que je n'ai pas encore pris de résolution là-dessus et que je ne crois pas pouvoir jamais la prendre telle que vous la souhaitez.

— Pourquoi ce refus? demanda le prince. A part ma laideur, y a-t-il quelque chose en moi qui vous déplaise?

— Nullement, répondit la princesse.

— Si cela est ainsi, reprit Riquet à la Houppe, je vais être heureux, car vous pouvez me rendre le plus aimable des hommes.

— Comment cela se peut-il faire? lui dit la princesse.

— Cela se fera, répondit Riquet à la Houppe, si vous m'aimez assez pour souhaiter que cela soit, et, afin que vous n'en doutiez pas, sachez que la même fée, qui me fit le don de pouvoir rendre spirituelle la personne qui me plairait, vous a aussi fait don de pouvoir rendre beau celui que vous aimerez.

— Si cela est vrai, dit la princesse, je souhaite de tout mon cœur que vous deveniez le prince le plus aimable du monde.

La princesse n'eut pas plutôt prononcé ces paroles que Riquet à la Houppe parut à ses yeux l'homme du monde le plus beau, le mieux fait et le plus aimable qu'elle eût jamais vu.

Elle lui promit sur-le-champ de l'épouser pourvu qu'elle obtînt le consentement du roi son père.

Le roi, ayant su que sa fille avait beaucoup d'estime pour Riquet à la Houppe, qu'il connaissait d'ailleurs pour un prince très spirituel et très sage, le reçut avec plaisir pour gendre, et les noces furent faites le lendemain, ainsi que Riquet à la Houppe l'avait bien prévu.

IMPRIMERIE DE MONTLIGEON, LA CHAPELLE-MONTLIGEON (ORNE). — 11330-5-21.

HENRY MAILLET, Imprimeur,
3 et 3 *bis*, rue de Châtillon
:: :: :: Paris :: :: ::

www.ingramcontent.com/pod-product-compliance
Ingram Content Group UK Ltd.
Pitfield, Milton Keynes, MK11 3LW, UK
UKHW020514180726
13839UKWH00005B/2085